まどろむ、
わたしたち

白鳥 博康
Hiroyasu Shiratori

Illustration
もとやま まさこ
Masako Motoyama

銀の鈴社

TABLE

かけらグラフィコ

Le contact

4

かの地の夕景

Bombardement stratégique

22

52番のバス

Catastrophe

36

ホルン奏者と隕石

Informalisme

52

ささやくヒマワリ

Un son de rêve

66

まどろむ、わたしたち
Inconscience
78

くりかえす晩夏
Ruban de Möbius
92

未完成オーケストラ
Renaître
106

NOTES

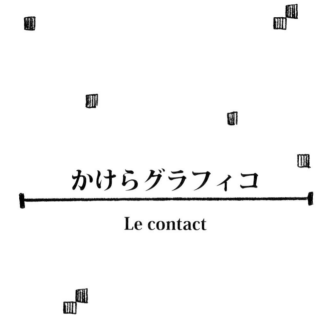

かけらグラフィコ

Le contact

　　　はじめてなのに
　　たべたことのある　ラビオリ

　　　はじめてなのに
　　みたことのある　フィルム

　　　はじめてなのに
　　つけたことのある　ブローチ

　　　はじめてなのに
　　はなしたことのある　ひと

　　　　いのちは
　　　　いつも
　　わたしより　さきを　あるく

テンペスト

3時間後の　わたしは
ルージュを　つけなおして

3時間後の　わたしは
いつもより　おとなびていて

3時間後の　わたしは
ひだりてに　オリーブの　えだを　もって

3時間後の　わたしは
みぎてに　パピルスの　記憶を　さぐって

3時間後の　わたしは
テーブルの　うえの
ストロガニナよりも　とけかけていて

3時間後の　わたしは
ガトーショコラに　フルシェットを
つきたてる　彼女を　かがみごしに　みていて

3時間後の　わたしは
だれも　しらない

おしえてあげる

おしえてあげる
脈の　とりかた

おしえてあげる
ヴィオロンの　ひきかた

おしえてあげる
パルファムの　つけかた

おしえてあげる
ふるいことばの　つづりかた

おしえてあげる
はげしいあめの　ふらせかた

おしえてあげる
肋骨のあいだの　およぎかた

おしえてあげる
オートマトンの　つくりかた

おしえてあげる
うつくしいこころの　とらえかた

おしえてあげる
だれも　ふたりを　ひきはなせない

香水売り

香水売りが
糸杉の　したで
鎮痛剤を　のむと
アニスの　かおりが
はなに　のこる
アピシウスの　ルセット

彼女は　電信線の　うえを
しなやかに　つなわたり
おおきな　はこを　かかえて
ガシャガシャ　おとを　たてながら
アニスと　チュベローズと
糸杉の　したを　あるく

"パルファム　ひとびん　くださいな"

たしかに
行為が　あるところに　存在する
生死も　ロジックも　はるか　かなたへ

まぜられた　タロットカードから
いちまいだけ　えらび　とる
なげだされた　こころ

"パルファム　ひとびん　くださいな"

メテオラ

ふるえる　のどの
rの　かすれさえ
め　の　まえに　あるのに
メテオラまでは
てくてく
てくてく
あるくよりほか
ありません

"中空の　海底へ"

おとの　はやさ
ひかりの　はやさ
たましいの　はやさ

上弦の　月に
うかびあがる
わたしたちの
ゆびさき
つめたく
ほどけ
もう
からだは
メテオラの　うえ

ゆびさきは
まぶたを　とじて
彼女の　からだは
メテオラの　うえ

曲線

ひっくりかえす
ふね　みたいな　曲線
その　かべの　まえに
こぼれそうな
素粒子の砂時計
あつめる　あつめる
彼女たちを
わたしは　みとめる

おきざりの沈黙
おきわすれた　ゆみづえ
アッシリアの砂丘に
ひっくりかえす
ふね　みたいな　曲線
おしはかる　おしはかる
彼女たちを
わたしは　みとめる

アプロディーテー
デーメーテール
ひっくりかえす
ふね　みたいな　曲線
しろくなる　かみを
まとめる　まとめる
彼女たちを
わたしは　みとめる

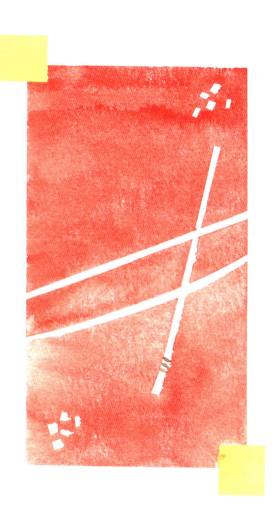

きぬいとを

低気圧は
夕方を　つれて
あきぐもの
下降する
引力と
しろい
タブレット
みみの
おくに
とかして

土星の
リングに
きぬいとを
かけて
こちらに
ひきよせる
こころみ

さぁ
その
ゆびで

きれた
きれた
きぬいと
きれた

きらら
きぬいと
ひきちぎられた

きしべの
きへいも
きのどくに

きらら
きぬいと
ひきちぎられた

みずうみ

彼女は
みぎと
ひだりの
てのひら
みずうみに
ひたして
すくいあげると
うまれる
みずうみに
わたしは
およぐ

しろい
小麦粉
しろい
パン
しろい
ほね

彼女の
しろい
てのひら
みずうみに
わたしは
せおよぎ

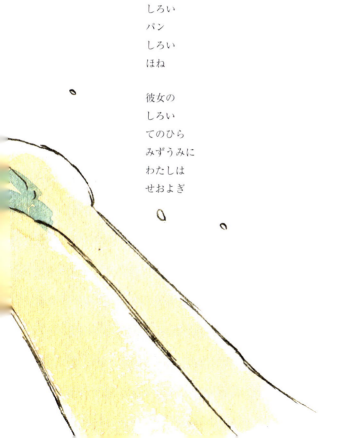

かの地の夕景

Bombardement stratégique

　　ひつじの　なみに
　係留される　オーセベリ船

　　つよく　つかむと
　　　　こわれる
　　ひかりは　きれい

　　《乗船は　こちら》

　ぬれないように
　ロープの　すそを
　　たくしあげて
　すすめる　ひとあし

　　とりの　おりたつ
　ひろくて　ふかい　人造湖の
　　ひかりは　きれい

かすかな

　　かえがたい　ヴィオレット
　　ひからびた　いれもの
　　くずれた防空壕に　アマレット

　　彼女の　リュネットを
　　とおして　みる　いりえの
　　かたちは　ルネット

　　アンバランスな　アフェットは
　　テレスコープに　みる　月の
　　決壊しそうな　ソネット

　　透過する　フィラメントに
　　とびちがう　カレイドスコープと
　　かたまりそうな　カフェ・コレット

<u>お辞儀を</u>

"きのう わたしは ラザーニャを つくりました"

先生は そう おっしゃいましたが
わたしは 先生が なにを
つくられたのか
ききとることが できませんでした

"ラザーニャは イタリアの たべものです"

わたしは となりの せきの
彼女と かおを みあわせました

《くらげは　海面に　たどりつきます
　そうして
　わたしたちは　うかんで　いたのです》

"お茶の　おかわりを
　おもち　しましょうか？"

わたしが　なにも　いわないでいると
彼女は　こまった　かおをして
ひざを　ぴょこんと　まげる
お辞儀をすると
部屋から　でていって　しまいました

<u>ジャスミンの</u>

"これが あなたの
 あたらしい 作品ね"

彼女は そういうと
ページを くり はじめた

彼女の ゆびが ささえる
プルマンローフ いちまいほどの 本

"ゆめを みている みたい"

本を　ささえる　ゆび

ゆびを　うごかした　だけで
いのちは　きえてしまうこともある

なんて　ふたしかな　わたしたち

ページを　くる
彼女の　みみの　うしろから
ジャスミンの　かおりが　たつと
わたしは　彼女が
なくなっていることを　おもいだした

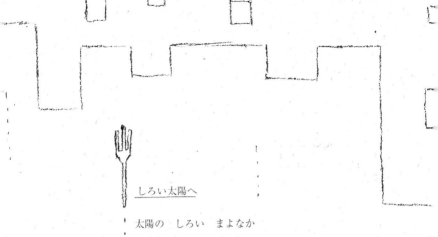

しろい太陽へ

太陽の　しろい　まよなか

みみの　いたい　しずけさに
まどの　そとを　みると
たてものが　うかびあがっている

アパルトマンも
パン屋も　美容院も
カフェも　駅も　公園も
わたしのへやも
そらに　むかって　うかびあがっている

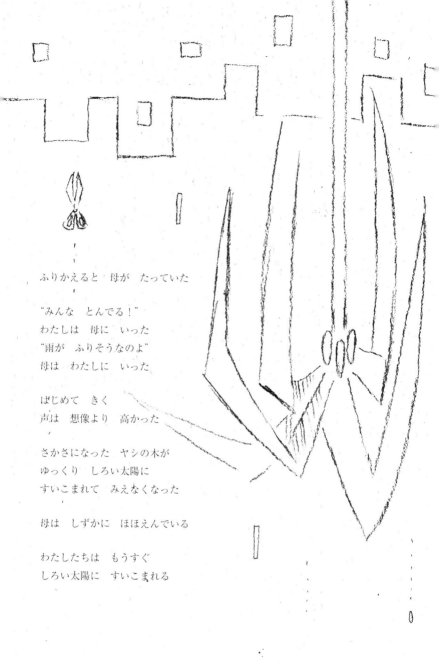

ふりかえると 母が たっていた

"みんな とんでる!"
わたしは 母に いった
"雨が ふりそうなのよ"
母は わたしに いった

はじめて きく
声は 想像より 高かった

さかさになった ヤシの木が
ゆっくり しろい太陽に
すいこまれて みえなくなった

母は しずかに ほほえんでいる

わたしたちは もうすぐ
しろい太陽に すいこまれる

メトロで

起点と　直径と　遠心分離
若かった　彼女は
メトロの　てすりに　しがみつくほど
せなかが　まがり　はじめる

たくさんの　じゃがいもが
はいった　ふくろを　せおって
じゃがいも畑の　はるか下を
はしりぬけるというアイロニー

明滅と　火花と　点描の女神
〝クルジェットの　はな〟
まっくらな　まどの　そとを
みていた　彼女が　つぶやく
このくにの　ことばではない　ことばで

パルチザンスカヤと　市ヶ谷と　終着点
アナモルフォーシスの風景
こい霧につつまれる車内
彼女のなぎなたの切っ先
のびちぢみする時間
むかいあう私
すりあげる
二尺三寸
太刀を
彼女の
目に
つけ
残心

うつろに
―――――

旋回する　オオワシの
せ　から　落下する
わたしと　わたしの　ホロスコープ

うつろに
まどを　うつ
コバルトブルーの
みみかざりの　かがやきが
紅茶を　そそぐ
彼女の　輪郭線を　ぼかし　はじめる

桃の　ソルベの　ひざしに
音楽は　ゆがみ　こもり　みみに
彼女の　くびすじに　うかぶ　錨に
針葉樹林の　列車に
ひびきわたる　警笛に
適用される　時間に

しびれを　きらした　トナカイたちの
しろい　いきが　わたしを　ふるわせる

かげの　ながさが　対角線を　よこぎると
ゆびを　きりそうに　なり
その　おとは　あしもとの
こまかな　あめに　すいとられ
ただ　うみどりの　くちばしから
こぼれた　かいがら　だけが
ころがって　いく

これは　ゆうべ　たべた
スティルトンが　みせた
あさがたの　ゆめ

５２番のバス
Catastrophe

ためらいの　推移

ゆびで　ひろげる

パステルの　いろの　うつろい

わたしの　歩幅

なつの　いぬの　あしどり

うなばらを　すすむ

おおきな　ふね　くらいの　はやさで

くろい　くもは

とおり　すぎて　いった

渋滞

"どうなってるの！？"
ハンドルから　てを　はなして　彼女は　いった

まちへ　むかう　みちは
くるまで　うめつくされている

"なにか　あったの？"
彼女は　まどを　あけている
となりの　くるまに　はなしかけた

"わからないわ！
　もう　うんざり！　6時間も　このままなのよ！"

後写鏡の　なかに　きりたつ　多面的三角

"開演に　まにあわない……"
彼女は　ひだりてで　ドアを　たたいた

"(コルタサルの　短編みたい)"
わたしは　彼女の
ヴィオロンの　ケースを
かかえ　なおしながら
そう　おもった
けれど
くち　には　ださなかった

彼女は　みぎてで　ラジオを　つけた

《…わたしは　花瓶の　みずを　かえた
　　いつもと　ちがっていたのは
　　栄養剤を　いれたこと……》

《…アヴィニョン　くもり　ときどき　はれ
　　ニーム　くもり　ときどき　はれ……》

《…うめは　さいたか　ミルキーウェイ
　　水平飛行の　いりえには
　　そらまめを　つまむ要領　骨拾い……》

《…過剰！そう過剰なのです！
　　現代の我々が直面している問題は
　　すべてこの過剰が原因なのです！そして
　　しらずしらず我々はこの過剰に加担して……》

《…「水の戯れ」……》

彼女は　ラジオを　けした

わたしたちの　まえには
きいろい　くるまが　とまっていて
(でも　太陽の　ひかりで　わたしには
　きいろに　みえた　だけかもしれない)
それが　彼女の　神経に　ふれているらしかった

彼女は　おもむろに　みずを　ひとくち　のんだ

のどが　うごく

"(モランディの　みずさし！)"

はなはだしく　鮮明に
わたしは　みずさしに　とらえられてしまった

みずさしから　あふれた　みずは
かわに　そそがれ　水位が　あがり　はじめる

どこの　かわ　だろう？

《ローヌ　セーヌ　ガロンヌ　マルヌ
　ロワール　ヴィエンヌ　ライン　モーゼル》

すこしずつ　みずかさは　まし
うしや　うまや　ひつじや　やぎや　にわとりも
みんな　のみこまれて　しまう

わたしは　みずさしに　とらえられた　まま

どうすることも　できない

あれくるう　みずに
よせあつめの　土嚢(どのう)は　決壊！
かけつけた　ポンピエも　ながされてしまった！

ないている　おんなのこが　ひとり

わたしは　彼女の　て　を　とって

"さぁ　たかいところへ！"

"…わたし　こわい……
　……どれくらい　あるくの？"

かわの　水位は　あがりつづけている

"そうね……きっと……
　（トナカイの　やすまず
　　つかれず　うごける　くらいよ！）"

"うごいた！"

彼女の　おおきなこえが　まちを　すくった！

くるまの　むれは　まちへ　むけて
ゆるやかに　うごき　はじめている

"本番に　まにあうか
《かみ　のみぞ　しる》ね！"

彼女は　ヴィオロンが　ひけるのであれば
このまま　火星にだって　とんでいって　しまいそうだった

でも　わたしは
こころの　どこかで
あがりつづける　かわの　水位と
おびえてしまった　おんなのこの　ことを　気にしていた

わたしの　かばんの　なかの　パステルが
カタカタ　おとを　たてる　たびに
わたしたちの　くるまは　速度を　あげていった

５２番のバス

５２番の　バスに　ゆられて
わたしは　あたらしい　学校へ　いく

ないまぜな　こころで
おおきな　かわに　かかる
おおきな　はしを　わたる
（かえるときは　このはしを
　こえたら　おりるボタンを　おさないと）

うつむく　ひざの　うえの

かたかけかばんが

まぶしくて

かおを　あげると

（うみ）

５月の　あさの

（うみ）

ひかりを　いかえす

（うみ）

そのとき　うみ　は　わたしに　ながれこんできた

合図しないと
とまってくれない　５２番の　バス

１００番の　バスも
２００番の　バスも
おなじ　みちを　とおるけれど
わたしは　５２番の　バスが　すき

５２番の　バスに　のって　かよう
あたらしい　学校も　すき
あたらしい　ともだちも　すき
おひるに　かう　あおいリンゴも　すき
（売店の　おじさんは　いつも　ひとつ
　わたしの　ために　とっておいて　くれた）

おしえてもらう　いろいろな　ことばも　すき
かえりぎわ　みんなで　たべる　ソッカも　すき
はじめて　みる　マティスと　シャガールの　絵も　すき

あいさつにする　３回の　ビズも　すき

46

　５２番の　バスに　ゆられて

みぎてに　きらめく　あさの　うみも
ひだりてに　もえたつ　ゆうがたの　うみも

くもりの　うみも
あめの　うみも
よるの　うみも
あらしの　うみも

ひかりかたが　ちがっていて　すき

でも　時間は
だれにも　とめられないから
いつのまにか
わたしが　のらなければ　ならない　バスは
５２番　では　なくなって　いた

あの　うみ　からも
とおく　はなれて
いくどめかの　なつを　むかえる

うとうと　しながら
つけたままに　なっていた
よあけの　ラジオ

ながれてくる　ことばに　わたしは　みみを　うたがう

ことばを　つなぎ　あわせようとすると
こころが　ちりぢりに　なってしまうから
とにかく　おちついて　と
わたしに　いいきかせながら
なんども　なんども　ことばを　つなぎ　あわせる

５２番の　バスに　ゆられて
わたしが　とおった
うみぞいの　みちに

たくさんの　ひとが　たおれている

さけびごえ　なきごえを　ひろう
マイクロフォンは　冷静だった

《現地時間　２０１６年　７月１４日》

うみの　ない　わたしの　まち　から
みえる　よあけ　の　やま　は
とても　ふかくて　あおい　いろ

(わたしは　５２番の　バスを
　すきな　ままで　いられる　だろうか)

はれた
め　を
とじて
かおを
あらうと

うみは
いまも
わたしに
ながれこんで
いるのを
たしかに
かんじた

ホルン奏者と隕石

Informalisme

わたしは　ひきだしに
かぎを　かける

カタリと　おとを　たてると
もう
ひきだしは　あかなく　なる

はかりしれない
ひきだしの　なか

わたしは
かぎを　かけて　まわる

ひとつ　ひとつの
いとおしい
ひきだし

ひ　の　たかい　よるに

こゆびのさき　ほどの　かぎで

王宮の　２８００室

<u>みずのかたち</u>

午後2時の
タンブラーグラスに
みたされる
つめたい
鉱泉水
ことこと　　　銀の　かみどめ
　　　　　　ペンシルケース
　　　　　　テーブルの　うえに
　　　　　　なげだされて
　　　　　　ことこと　　　ステンレスの
　　　　　　　　　　　　ふかい　シンクに
　　　　　　　　　　　　しずんでいく
　　　　　　　　　　　　コーヒーカップ
　　　　　　　　　　　　ことこと

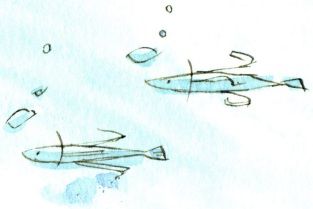

バスタブで
およぐ　さかなを
しろい　ねこが
のぞきこみ
かおで　おう
エフェクト
ことこと　　プールの　そこで
　　　　　　ねがえりを　うつ
　　　　　　なにも　きかない
　　　　　　わたしの　みみに
　　　　　　はいりこむ
　　　　　　みずの　かたち
　　　　　　ことこと

アート・ミュージアム

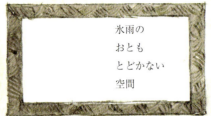

氷雨の
おとも
とどかない
空間

ひびく
わたしの
くつおと
しっかり
ひびく

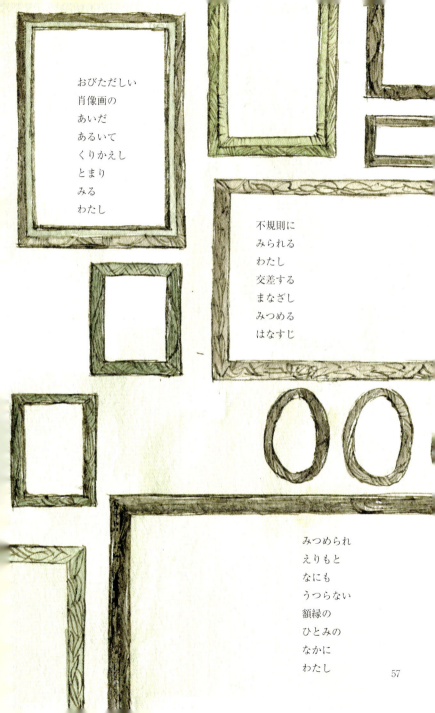

おびただしい
肖像画の
あいだ
あるいて
くりかえし
とまり
みる
わたし

不規則に
みられる
わたし
交差する
まなざし
みつめる
はなすじ

みつめられ
えりもと
なにも
うつらない
額縁の
ひとみの
なかに
わたし

即興のピアノ

平均台を　あるく　ように
運河の　うえを　ふらふら　わたり

わたしは　わたしを　コントロール

うでは　まっすぐ　平行に
ないはずの　しっぽで　つりあいを　とり

倒立は　月面の　水盤へ　まっさかさま

エモーショナルな　無重力の　なみは
遠泳する　アザラシの　とおまわしな　リフレイン

むすばれる　うごきだす　あめがふる　いろがつく

はかりかねる　到達点

たましいを　通過する
シャミナード　ラヴェル　グリーグ　チャイコフスキー

わたしは　ペンで　なまえを　かいた
左右に　ゆれる　ブロッター

垂直に　たたきつけられる　たくさんの　たまご
われながら　とびちり　はねて　空中分解

おおむかしの　ギリシアの　太陽と
おとといの　オーロラは　スクラッチされた　断片に

もはや わたしの て を はなれた
鉄筆は 9姉妹の もの

彼女は わたしの となりに すわると
おもむろに くちづけ
かためを とじて
着地点を さし しめす

ぽろぽろ こぼれる
フランボワーズを
ひろい あつめる ように
ハチドリは はばたき
ぶどうの かんむりを くわえると
わたしを
目前の しじまへ いざなう

そして

からだは

おもいがけない

沈黙 を うけいれる

ホルン奏者と隕石

ホルン奏者は
かみを　ほどき
こころの　うごきに
なまえを　つけようとする

うかびあがってくる　記憶たちを
統合しようと　しているの　だろうか

フライド・エッグの　しろみを
スプーンで　すくうところで　あったり

サラミを　つつんでいる
うすいセロファンを
はがすところで　あったり

ストーブの　あまい
ガスの　においで　あったり

とりとめの　ない　連鎖に　彼女は　おののく

そうして　いつも
いちにちの　おわりに　くちに　する
ヴォトカを　のみ　おえる　ころのように
やさしく　なりたいと　おもっている

ホルン奏者は
かたづかない　こころで
トマト・ア・ラ・プロヴァンサルを
つくる　けれど
彼女が　いま　くらしている　ところで
とれる　トマトでは　うまく　いかない

水分が　おおくて　あまい　トマトは
オーブンの　なかで
ぐずぐず
くずれて
とりとめの　ない　トマトに　なってしまう

そのたびに　彼女は
ためいきを　ついて
ウラル山脈に　たたずむ
オベリスクを　おもい　だす

とりの　むれが
おおきな　くさびがたに　なって
とんでいくところを
みたのは　どこ　だったのか

彼女は　おもいを　めぐらせながら
勇敢にも　ひとりで
記憶の　うきはしに
やさしく
その　あしを　かけようと　している

ホルン奏者の
彼女を　えがく
わたしの　ペンが
改行を　おえた　とき

飛行機の　まどから
おちていく　隕石が　みえた

わたしの　ペンが
改行を　おえた　とき

ひかりを　たたえて

もえながら　加速して

ひとすじの　航跡を　のこして

地球の　中心に　むかって

あっというまの　できごと

わたしの　ペンが
改行を　おえた　とき

はっとして

むねが　しめつけられた

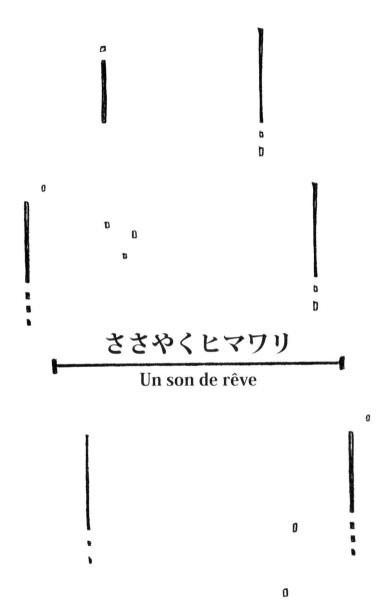

《列車は　定刻に　出発した》

はすむかいに　すわっている　おんなのひとは
みじろぎもせず　まどにもたれて　ねむりつづけていた

《列車は　最高速度に　到達した》

めのまえで　うつむいていた　おんなのこが
ふいに　かおを　あげると　わたしの　め　を　みて

"ルバイヤート　みたいな　おはなしを　して"
と　いった

《車掌が　列車の　速度を　得意げに　アナウンスした》

"おねがい……
　ルバイヤート　みたいな　おはなしが　ききたいの"

おんなのこは　いまにも　なきだして　しまいそうだった

みずの はなが ひらくと
彼女の からだは とても かるく なりました

その き に なれば 大聖堂の たかい やねを
さわったり することも できましたが
彼女は たかい ところが
あまり すきでは ありませんでした

《からだが かるく なったの だから
　こえ だって ヴィオロンに なっている かもしれない》
そう おもった 彼女は
"わたしは キリンが すき！"
と いって みましたが いつもと おなじ こえ だったので
すこし がっかり しました

かるくなった からだは どんなに あるいても
つかれてしまう ことが なくなりました
だから 彼女は はなしでしか きいたことの ない
うつくしい たてものに あふれる まちに いってみようと おもいました

彼女は どんどん あるいて ゆきぶかく けわしい やまを こえると
ついに その まち まで たどりつきました

ちからづよい 彫刻が かたちづくる おおきな教会
(できあがるのは 200年後 だよ)
と だれかが いって いたので
《いつか また こよう》
と おもいながら 彼女は あるき はじめました

うつくしい曲線を もつ おおきな いえや
どうどうたる 音楽堂の きらびやかな ステンドグラスにも
こころを うばわれ ました

あざやかな タイルに いろどられた 公園では
ぐねぐねした 回廊を ぐるぐる まわったり
はでな いろの トカゲの うえで
さかだちを したりして すごしました

《建築家に なりたい!》
そんなことを おもいながら ほそい 路地を あるいていると
(もうすぐ 花戦争の 季節なのね)
と だれかが いっていました

《花戦争!》
はなしでしか きいたことの ない おまつりの ことで
彼女の あたまは いっぱいに なり いてもたっても いられなく なりました

彼女は　もういちど　ゆきぶかく　けわしいやまを　こえると
うみぞいの　みちを　ひたすら　あるきつづけて
うちよせる　なみの　いろも　うつくしい　まちに　たどりつきました

すでに　まちでは
たくさんの　はなで　かざられた　おおきな　のりものと
きかざった　たくさんの　ひとびとが
おおどおりを　ねりあるいて　いました

だれかが　彼女の　あたまに　はなかんむりを　のせると
たくさんの　ミモザは　まいあがり　とびかい
彼女に　ふりそそがれました

はなの　かおりで　すこし　ふらふら　してしまった　彼女は
うみべに　すわりましたが
たくさんの　ミモザは　彼女を　おいかけるように
まいあがり　とびかい　ふきつけて
とうとう　彼女は　ミモザに　うもれて　しまいました

《あいに　つつまれるって
　こんな　かんじ　なのかな……》
そう　おもった　とき
せきを　きった　ように
彼女の　こころから　ことばが　あふれて　とまらなくなりました

《それは　水銀の　あめが　ほころぶと
　ひそやかに　かわされる　審美的な　ささやきに　にて……》

《彼女は　ひだりてに
　こなふるいを　もった　自画像を　やきすてると……》

《みんな　しってる
　だれもが　しらない　ふりをしている　隔絶……》

《おばあちゃんの　つくった
　ほしぶどうの　はいっている　クヴァースの　あじ……》

《直接話法で　はなす　彼女の　こえが
　はねる　みたいに　とおざかって　いく……》

《プディングに　反響して
　爆撃機に　共鳴する　たくさんの　ベーゼ……》

《王女の　たくさんの　うまたち
　王女の　たくさんの　家来たちを　もってしても
　わたしは　もとに　もどらない……》

ミモザに　つつまれた　彼女が　われに　かえると
もう　すっかり　ひ　が　くれて　いました

みちしおに　かかる　つきは　まるくて

《シロップの　ビンの　ふた　みたい》

彼女は　ぼんやりした　あたまで　そう　おもいました

高速の　列車は　ガクンと　急停車した

おどろいて　まどの　そとを　みると
みわたす　かぎり　ひまわりが　さいて　いたから
わたしは　つい　みとれて　しまった

《アクシデントが　ありましたので　少々　停車いたします》

車掌の　アナウンスが　ひびくと　車内の　空気が　おもたくなった

わたしが　おはなしの　つづきを　しようとすると
おんなのこは　いなくなっていた

はすむかいの　おんなのひとは　ねむり　つづけている

せの　たかい　ひまわりの　あいだから
警察官や　救急隊員が　ばらばら　あらわれて　列車に　ちかづいてきた

《列車は　もうしばらくの　あいだ　このまま　停車いたします
　そして　ただいまより　食堂車の　たべものと　のみものを
　すべて　半額に　いたします　どうか　もうしばらく　おまちください》

車掌の　アナウンスが　ながれると
乗客たちは　食堂車　めざして　いっせいに　うごき　はじめた

あふれる　ひまわりの　なかに　とりのこされた　列車は
このまま　世界から　わすれられた　オブジェに　なって　しまいそうだった

"マダム　国鉄からです"
そう　いって　乗客の　おとこのこが
わたしに　鉱泉水の　ビンを　てわたしてくれた

うしろには　まだ　おさない　彼の　いもうとが
たのしそうに　ビンを　かかえて　たっていた

彼は　おもそうな　はこを
もちあげたり　おろしたり　しながら
ほかの　乗客に　鉱泉水の　ビンを　くばる　という
突然　あたえられた　任務を　ほこらしい　かおで　遂行していた

おんなのこは　まだ　もどってこない

ルバイヤートには　およばない　けれど
わたしの　おはなしには　つづきが　ある

なんとなく　てもちぶさたに　なってしまった　わたしは
食堂車に　いこうと　せきを　たった

ざわざわ　している　通路を　ぬけると
デッキに　たっている　おとこのひとと　め　が　あった

"人身事故ですよ"
彼は　はきすてるように　いった

"本当なら　わたしたちは　もう　駅に　ついている　時間だ
　こんなことなら　飛行機に　すれば　よかった……
　まったく　今日に　かぎって……"

彼は　禁煙の　車内で　シガレットに　火を　つけると
じれったそうに　からだを　ゆすり　つづけていた

うんざりした　わたしは　せきに　もどった

73

いつのまに　もどって　きたのか
おんなのこは　せきに　すわっていた

"おはなしの　つづきを　きかせて！"

彼女は　ゆかに　つかない　りょうあしを
ぱたぱた　させながら　わたしに　いいました

"そうね　どこまで　はなしたかしら……"

おはなしを　つづけようと　すると
なんだか　あたまが　ぼうっとして　いきぐるしくなった

"はやく　はなして　わたしの　シェヘラザード"

彼女は　あまえるような　こえで
おはなしの　つづきを　ねだりましたが
どうしたことでしょう　わたしは
もう　め　を　あけて　いること　さえ　つらく　なって　いました

ミモザに　つつまれた　からだの　かるい　おんなのこは
あしを　ぱたぱた　させながら　天使の湾へ　あるきはじめ……

いやいや　それは　ちがう　おはなし……
わたしが　いま　はなさなければ　ならないのは
彼女の　あるいて　いく　さきが……

まちはずれの　だれも　すんでいない　いえの　まえに
おおきな　いぬが　すわって　いました……

つめたい　かぜが　とおりぬけると
その　いえ　から
《ふぉう　ふぉう》
と　さびしげな　おとが　きこえて　きました……

それは　とおい　とおい　ひがしの　くにの
たてぶえの　ような　ひびき　でした……

彼女が　ふしぎな　おとに　みみを　かたむけて　いると
たくさんの　ねこや　しかや　おおかみたちが　あつまって　きて……

"ムッシュ！　なにを　しているんですか！？"
からだの　おおきな　車掌が　おおきな　こえで　どなった

"車内は　禁煙ですよ！！"
車掌は　かおを　まっかにして　りょうてを　こしにあてていた

"うるさいな！　だいたい　この列車は　いつ出発するんだ！？
　おれは　もう　駅に　ついてなけりゃ　ならない　時間なんだぞ！
　いったい　何時間　またせれば　きが　すむんだ！！
　それとも　あんたたち　おとくいの　グレーヴでも　おっぱじめたのか！？"

デッキに　たっている　おとこのひとは　くわえていた　シガレットを
ゆかに　たたきつけて　くつで　ふみつけると　車掌に　くって　かかった

"おちついてください　ムッシュ
　とにかく　もうすぐ　発車します……　もう　すぐ　ですから……"

車掌は　そう　いって　帽子を　とると
あせを　ぬぐい　うしろの　車両まで　かけていった

わたしが　ふたりの　やりとりを　ながめていたら
おんなのこは　また　いなくなって　しまった

《……おまたせしました　発車いたします……》
アナウンスの　車掌の　こえは　つかれきって　いた

はすむかいの　おんなのひとが
め　を　さますと　うでどけいを　ながめながら

"あら　もう　こんな　時間なの？
　いま　列車は　どこを　はしって　いるのかしら？"

と　ねむたそうな　こえで　わたしに　いいました

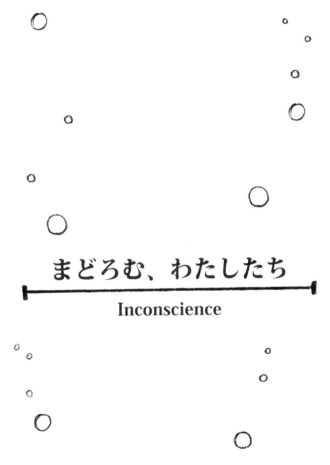

まどろむ、わたしたち

Inconscience

わたしは
おりてきた くも の なかに いたことを
おもいだしていた
コートは おもく しっとりと ぬれ
なにも みえない まっしろな みちを
つえで たしかめながら
あるき つづけた

わたしは
あの くも から ぬけだした はずなのに
おぼろげな みちが つづく ばかり

冥界に くだる イナンナ
ゆるぎなさを
わたしに

グレープフルーツ

あめが ふるから
すべて おやすみ
すいようび

あまずっぱい
グレープフルーツだけ
たべている

あめ なのに
あしを とめる ひとも ない
あさ 8時

おちていく あめに
つられて
わたしは いま
どこに いるのか
わからなくなる

白樺の森や　麦畑で
たおれた　ひとびとに
くりかえし　くりかえし
つちを　かけて　まわる　あめ

たおれてしまった　ひとびとの
忘却に　あめは　荷担する

存在の　巧妙な　隠蔽と　かえりみる　わたし

わすれられた彼ら　と　グレープフルーツ

わたし　ひとりの　ささやかな　抵抗

とめどない　あめ

わたしに

とめおく

のこされたノート

"ながい　あいだ
　ローマの　いしだたみを
　あるいて　いる　みたい　だったわ……"

彼女の　ことばは　いきつぎする　チェンバロ
１２時で　とまって　そのままの　時計
すでに　不可侵の　領域に　到達し
歴史の　断片を　構成する　証人

つまり
もう　このよ　には　いない　と　いうこと

わたしは　その　こえに　みみを　たてる

そして
こころみに
のこされた　彼女の　ノートから
センテンスの　一部を　ぬきだして　みる

《"まゆずみで　ひいた　みかづきが
　てらしだす
　あたまの　とれた　石像
　博物館の　いきいきした　剥製
　鋼鉄の　さびた　置物"

　"こおりつき　たちつくす
　わたしを　よそに
　つくりあげられた　しずかな　よる
　（これは　彼らの　妄想の
　　産物に　ほかならない　が
　　無意識で　あるが　ゆえに
　　表面には　あらわれ　ないし
　　彼らは　気がつく　ことがない）"

　"よふけに
　あきびんの　ころがる　おと　すら
　とどろく　火砲に　きこえて　しまう
　彼らが　のぞんだ
　コントロール不能の　秩序"

　"おとなしがわの　ふかさを
　はかろうとして　おぼれる　ように
　ねこも　いない　ところで
　無機質に　ねむり　おきる　わたし"

〝しかし
　わたしは　告白しなければ　ならない
　おさないころ
　ダブルカフスの　ジャケットに
　眩惑されて　しまった　ことを
　（カフスには　しばしば
　　地図のようなものが　さしこまれていた）〟

〝ある種の　死は　沈鬱な　かおを　みせず
　むしろ　笑顔で　あることの　ほうが　おおい〟

〝わたしたちの　うちなる
　悪魔は　つねに　思考の　放棄を　要求し
　刹那的な　安堵
　断続的な　恍惚と　ひきかえに
　わたしたちを　緩慢な　死へと　いざない
　ひとたび　そそのかされたが　最後
　千言万語を　ついやしても
　それを　とめる　すべは　ない〟

〝あなたの　からだは　あなたの
　わたしの　からだは　わたしの　聖域
　だれなりと　ふれることは　ゆるされない〟

〝今朝　わたしは　気づいた
　わたしが　であった　すべてのひと
　わたしが　であわなかった　すべてのひと
　わたしが　これからであう　すべてのひと
　わたしが　であうことのできない　すべてのひとに
　わたしは　とけだしていく〟》

マセナ広場に　ちかいカフェ

テラスの　いつもの　テーブルで
かきものを　している　彼女は
わたしと　め　が　あい　"おはよう"と　いう

きっと
そんな気が　したから
わたしは　あるきながら　せすじを　のばした

わたしたちの　いちにちは　これから　はじまる

ティー・セレモニー

《状況は　より深刻化　して　います》
手紙には　そう　かかれて　いる

──あさに　ひらく　手紙では　なかったな

わたしは　お茶を　いれようと　おもっていた

はじめて　つかう
アジアの　ちいさな　ティーポット

一杯め　は　のまずに　ながす
（と　本には　かいてある）

《わたしが　いきている　あいだに
　こんなことに　なるとは　おもっても　いませんでした》

ちいさな　ティーカップから　たちのぼる　かおりを　きく

《まるで　インクつぼを　たおして　しまった　ようです》

くちに　ふくむと　かおりは　より　あまく　なった

《悪化の　速度は　はなはだしくて
　腐敗と　改悪の　横行に　め　も　あてられません》

この　手紙が　わたしの　もとに　とどく　まで
この　手紙を　わたしが　よんでいる　いまも
きっと　事態は　わるい　ほうに　すすんで　いるのだろう

手紙の　おわりに
わたしの　からだへの　きづかいと　ビズ

悪化する状況と　わたしのからだ

ふたつの　つりあいが　なんだか　おかしくて
わたしは　ひとりで　ちいさく　わらった
（なくのも　わらうのも　わたしは　ひとり）

ティーカップを　あたためるために
そそがれた　おゆの
こぼれていく　おとが
みみに　とめどなく　反響して
わたしは
ぽと　ぽと
おぼつかない

くりかえされる
ぽと　ぽと
おとの
ぽと　ぽと
ゆらめき
ぽと　ぽと
ながれて
ぽと　ぽと
ひびく
ぽとぽと
平原の
ぽとぽと
雷鳴
ぽとととととと

お茶の　くちあたり　ころころ
ころころ　たいらかに　ころがりゆく
ことばは　みずの　ながれ

みえるけれど　さわれず
みえないけれど　そこに　あると　かんじる

わたしの　意識
しずんだ　ふねに　すむ　さかな

わすれかけていた

バクラヴァの　あまさ
レモンと　さとうを　くるんだ　パンケーキ
のどの　かわきを　しずめる　スイカ
おゆで　うすめながら　のむ　紅茶
くりかえし　きいた　ペトルーシュカ
帯電する　はいいろの　くもを　いただく　7月

おかあさんから　ひきはなされる　おんなのこ

(……そろそろ　わたしを　サルベージ)

かぜは　湿度を　おびつつあって
場面転換の　たいこが　はげしく　うちならされている

──わたしは　この手紙に　返事を　かかなければ　ならない

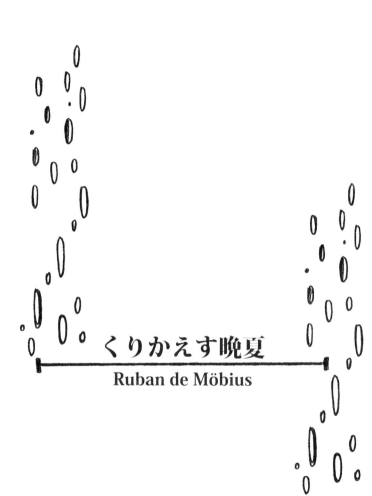

しるし
かすかに
てさぐり
宇宙

昇華

たれた　あたまと
みぎうで　ひだりうで
くまれた　て　の
むすぶ　ひしがた
ひざまずく
感情の　いれもの

きぬずれの　おと　ちかづき
そのひとは　みぎての　つるぎを　垂直に　ふりあげ
まるで　太陽を　しずめる　ように
わたしの　みぎかたに
その　やいばを
おごそかに
おく

ひややかな　はがね
はだに　ふれて

　　　　　　　　　　そのひとは　つるぎで　わたしの　かたを
　　　　　　　　　　トンと　たたいた

　　　　　　　　　　みみもとに　ガラスの　われる　おと

　　　　　　　　　　そのひとは　つるぎで　わたしの　かたを
　　　　　　　　　　トンと　たたいた

　　　　　　　　　　むねに　月　おちきたり

　　　　　　　　　　そのひとは　つるぎで　わたしの　かたを
　　　　　　　　　　トンと　たたいた

　　　　　　　　　　いまや　五感は　意味を　なさない

　　　　　　　　　　瞬間
　　　　　　　　　　弧を　えがき　おさめられる
　　　　　　　　　　つるぎを　もっていたのは
　　　　　　　　　　わたし　だった

リフレクション

モアレ
水面
うつる
かべ
さかさま
せなか
しろくろ
視点
あおむけ
寝台
パースペクティヴ
ゆらゆら
消失
おいかける
ゆび
なみがしら
たち
ふくらみ
くずれ
おちて
はじけて
ようよう
ととのう

無重の小舟

97

つめたい　みず

絵のような　写真
あるいは
写真のような　絵

それは
つくられた
ノスタルジア

うかんでいる
人工島に　にた
内側の　構造

わたしは
つめたい　みずを
のむ

詩のような　現実
あるいは
現実のような　詩

そこで
ならべられた
あおい　果実

アクセント
リップスティック
くしぎりの　レモン

わたしは
つめたい　みずを
のむ

音楽のような　鼓動
あるいは
鼓動のような　音楽

そして
ほつれる
センテンス

よこたわり
ひかれて
まいおりる

わたしは
つめたい　みずを
のむ

みずのような　いのち
あるいは
いのちのような　みず

それから
うごく　かぜに
こころを　むける

ぬけだして
てばなして
ひきうけて

わたしは
つめたい　みずを
のむ

パンデミック

情動
パンデミック
状況
アンコントローラブル

わたしに
脈うつ
有毒な
あらぶる
いきもの

あれくるい
こわしつくし
のみこもうとする
衝動

けしとばされる
理性は
あまりにも
はかなく

どろどろ
とけて
あかく
もえさかり
ふくらむ
ガラスの
うず

おおむかしの
神々ですら
あらがうことの
できなかった
混沌との対峙

終息の手段を模索

たちあらわれ
さまたげるのは
わたし

くさびを
うちこもうとするのも
わたし

１００年に
みあう
刹那

うつせみの
ゆらめき

まるで

みずのめぐり

濁流にあって

てをひく

わたしを

だきよせるのは

わたし

晩夏

よるでは　なく
かといって
あさでも　ない　とき
すずしい　かぜが
半分　だけ　あけた
よろいまど　から
へやに　はいってくる

なつは　もう
おわろうとして　いた

彼女は　ベッドから　おきあがると
まどぎわまで　あるいていって
ひとつだけ　おいて　ある　いすに
ふかく　こしかけた

"すずしい"
と　おもった　彼女の　ことばは　あやふやで
ただ　彼女の母語でないことは　たしかだった

となりの　へやに　すむ
おんなのひとが　ドアを　あけて
仕事に　むかう　おとが　きこえた

それから
おおきな　キリンが
かわを　わたろうとしているのを
彼女は　みていた

うらにわに　みつばちの　いえが　あって
ちいさかった　彼女は　カモミールを　つんで
アルパの　たたずまいに　うつくしさを　おぼえる

たくさんの　アルファベが　世界を　つくっていた

彼女は　うすい　サージの　はかまを　つけると
あさぎりの　なかを　森　まで　あるいていった

ころがっている　いしは　ひややかだった　けれど
おちていた　クルミを
ひとつだけ　ひろうと　ひだりの　たもとに　いれた

きこえてくる　旋律は　さやかな　ピアノ
それに　ガゼルの　むれの　はしる　気配も　感じた

みあげると
すでに　森を　ぬけていて
そらの　ほしは　おちたり　ながれたり　している

彼女の　むねに　だれかの　体温が　とどまっていて
彼女は　みずうみの　ほとりの　日光浴を　おもいだす

すると　はれているのに　あめが　ふりはじめた

彼女は　あるきながら
"きつねのよめいり　きつねのよめいり"
と　彼女の　母語で　2回　つぶやく

おおきな　キリンが
かわを　半分　わたりきったのを
オリーブの　木々の　あいだから　彼女は　みていた

絽の　きものは　あさぎりと　おなじくらい　つめたい

ふゆの　あさの　北海は　いつまでも　くらくて
ちいさかった　彼女は　ポタージュに　て　を　つけなかった

もちろん　太陽は　おくれて　のぼりはじめる

彼女は　ペンを　とると
もっていた　スケッチブックに
彼女の　世界のことを　つづりはじめた

彼女の　へやは
あさを　むかえようと　していた

すこしだけ　やわらかい　ひざし

ブーランジュリーが
今日　最初の　パンを　やきあげる

おおきな　キリンは
かわを　すべて　わたりきって
そのまま
どこかに　あるいていく

その　うしろすがたを
半分　だけ　あけた
よろいまど　から
彼女は　みていた

キッチンの　おさらに
半分　のこった　バゲットは
もう　かたくなって　いる

ちいさかった　彼女の　あしおとが　ちかづいてきた

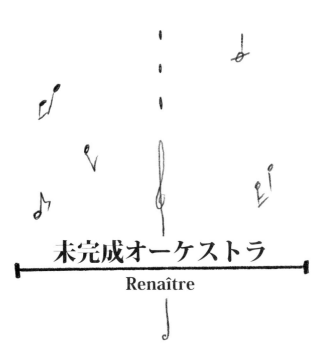

やさしく
はなしかけて ほしい
火薬庫で
花火を する ように

ゆるやかに
はたらきかけて ほしい
潜水具なしで
うみ ふかく もぐる ように

しずかに
ふれていて ほしい
わたしを
ゆみで いる ように

まよいなく
かなでていて ほしい
ふねから
ひつぎを おとす ように

キッチンにて

ボールシを　火に
かけている　午前１１時

（銀紙に　くるまれた　バター）

いとなみの　痕跡は
なくそうとしても　きえない

（缶の　なかで　ねむる　ニシン）

２００００年まえの
なべ　だって　みつかってしまう

（新鮮な　こひつじの　しろい　脂肪）

とおくの　かべに　えがかれた　いぬは
すくなくとも　２０００年
忠実に　すわり　つづけて　いる

（桃を　そえた　フロマージュ・ブラン）

彼女は　キッチンに
すくなくとも　２時間
真摯に　たち　つづけて　いる

（冷蔵庫で　整列した　たまごたち）

間近の　雷光が
かくれた　ひとびとを　てらす

(きりきざまれるのを　まつ　たまねぎ)

たいせつなのは
野菜が　煮くずれない　火加減

(とりまぜられた　ハーブ)

しろい　スープ皿に
ボールシは　あかく　ひろがる

(みがかれた　銀の　カトラリー)

つつましい　彼女は
テーブルに　みずうみを　みつけて
それから
ちかづきつつある　あらしに　そなえる

みなぞこの円環

いきを　している　と
ことばが　うしなわれる　と
みどりの妖精は
ちいさな　こえで
わたしに　おしえて　くれた

では　どうすれば……
わたしの　ことばが
おわる　まえに
彼女は
わたしの　くちを　ふさいだ

それは　ここちよい　ノイズ

わたしは
め　を　とじて
焦点を　さだめながら
彼女の
ゆびが
わたしの
ひたいや　ほほや　みみを
なぞるに
ゆだねる

それは　完璧な　ブランクヴァース

ゆったりと
しずかな
でも
気を　ぬくと
ころんでしまいそうな　テンポ

躍動する
うでや　あしや　からだは
かたちを　とり
なげだされ
つまさきだつ
彫像

それは　うごく　メディテーション

110

はじまり　ばかりで
おわりは　みえない　と
みどりの妖精は
たのしそうな　こえで
わたしに　いった

それは　ひかりの　ゆがむ　みなぞこの　円環

白磁に
おちる
あかむらさきの
あさひ
おとも
なく
はらはら
くずれながら
それでも
とどまろうとする
胎動
おおきく
ふくらみ
いきを
すいこむ
わたしの
むね
さやか

あらしとライオン

《ライオン逃亡す　行方不明》

そんな　新聞の
ヘッドラインが　め　に　とまって
わたしの　むねで
機械的な　蝶が　はばたき　はじめた

なんだか　現実感の　ない　できごと

わたしは　シェリーを
ひといきに　のんで　しまうと
つよく　ふき　はじめた　かぜに
おされながら　映画館に　むかった

そうして
なつの　おわりに　みる
ジャック・タチの　フィルムは
やっぱり　現実感が　なかった

さらに　つよく　ふき　はじめた　かぜに
午後の　上映は　中止
"おきをつけてマダム　あらしがきますよ"

どうりで　あたまと　ひだりめ　が　いたい

ぱらぱら　あめも　ふり　はじめた　から
わたしは　トラムに　のって　いえに　かえった

夕食は　かるく　リンゴと　オリーブで　すませた

それよりも
しめきった　ふるい　よろいまどは
ガタガタ　ふるえて　こころもとない
それに
たびたび　なにかが
ひどい　いきおいで　ぶつかってくる

ラジオから　ながれてくる　ドビュッシーに
わたしの　むねの　機械的な　蝶が　あばれ　はじめた

(いかなければ！)

なんて　現実感の　ない　感覚

わたしは　どこへ？
そして　いったい　なんの　ために？

よるは　ふかさを　ましている

わたしが
レインコートを　はおって　そとに　とびだすと
街路樹は　みたことのない　角度に　まがっていた

さながら　彗星がおちてくる　という　ものがたり

かぜの　おとが
ライオンの　うなりごえ　みたいに　せまってくる

でも
わたしは　あしを　とめることが　できなかった

ライオンは　砂丘に　たって　いました

かたわらには　ほそい　かさが　ささっていて
かさの　にぎりに　山高帽が　ひっかけて　ありました
でも　それらは　ライオンの　ものでは　ありませんでした
自転車や　ヴィオラや　ランプや　そのほか　いろいろな　ものが
どこからか　かぜに　はこばれて　やって　きたのです

いつ　もちぬしが　あらわれても　いいように
ライオンは　いつも　それらを　きれいに　ならべて　おきました
(もちぬしが　あらわれたことは　いちども　ありませんでしたが)

それから　ライオンは
みずがめに　ひたした　刷毛で　画用紙を　ぬらしました
えのぐで　えがく　準備を　しているのです
ところが　砂漠は　あついので
画用紙の　みずは　すぐに　かわいて　しまいます
それに　砂漠は　あめが　ほとんど　ふりません
みずが　なければ　いきものは　いきていくことが　できません
でも　ライオンは　たいせつな　みずに　刷毛を　ひたして
えのぐを　にじませる　準備を　やめませんでした

みずの　なじんだ　画用紙に
ライオンが　ふでを　はしらせると
うつくしい　うみが　あらわれました
けれど　うみの　みずを　のむことは　できませんでした

ゆらゆら　きえそうな　街灯に
ぐらぐら　シルエットが　うごいた

うみに　ちかい　公園の
ちいさな　ガゼボに　彼女は
まっすぐ　まえを　みつめて　すわって　いた

わたしが　ちかづくと
彼女は　つかれきったように
ねそべって　しまった

ふきつける　あめに
ちいさな　ガゼボは　あまりに　無意味で
彼女の　からだは　あめに　さらされ　つづけて　いた

わたしが　彼女の　からだに　ふれると
くびすじが　べったりと　ぬれて　いた

わたしは
いそいで　彼女の　くびに
しろい　リネンの　ハンカチを　あてて
て　で　おさえた　けれど　きやすめにも　ならなかった

彼女は　あたまを　わたしに　こすりつけた

彼女の　からだが
なまりから　けずりだされた
おきもののように　かわっていくのを
わたしは　現実感を　もって　うけとめようとした

かぜも　あめも　おさまる　気配は　一向に　なかった

未完成オーケストラ

《ねぶそくですか？　マドモアゼル》

彼女が　わたしの　かたを　たたいて
いたずらっぽく　わらうと
あぁ
いつのまにか
時計の　短針と　長針が　うごいて　いた

なんだか　ながい　ゆめを　みていた　みたい

"みんな　もう　あつまってるよ"
そういって　彼女は　楽屋から　でていった

まだ　め　の　まえが　もやもやする

いえから　もってきた　サンドイッチも
アルミホイルに　くるまれた　まま　テーブルの　うえ

わたしは　鉱泉水を　ひとくち　のんで
かがみに　むかい
みだれた　えりもとを　ととのえてから　楽屋を　でた

うみを　のぞむ　おおむかしの劇場で
観客の　いない　コンサート

わたしが　ピアノの　まえに　すわると
"さぁ　はじめましょう！"
彼女は　そう　いって
みぎての　タクトを　たかく　ふりあげた

じりじり　はりつめる　わたしたちの　たましい

ふりおろされる　タクト
呼応する　ティンパニー

いきを　つめる
わたしの　ゆび

もう
うごき　はじめて
もう
おとを　あつめて
からだ
ゆみなりの　旋律
こころ
神聖な　感覚の　よろこび
そして
ひかりが……

(わたしたちは　遠雷に
　たちむかおうと　していた
　きのう
　トロンボーン奏者は
　　"落雷の　きざしなんて
　　　たいしたこと　ないわ"
　と　いきまいていたのに……)

いま
いなづまが　客席に　おちた

くだけた　いしが
榴弾のように　とび　ちった

幸運にも いしは わたしの あたまを
とびこえて いった けれど
不幸にも 金管楽器たちや 弦楽器たち
とくに ヴィオロンたちに 直撃した

きょとんと たちつくしたり
こわれてしまった 楽器を かかえて
ないている 奏者も いる

でも
指揮者である 彼女は 演奏を とめなかった

主席ヴィオロン奏者が
ふたつに なった ヴィオロンを
ひろいあげると それを 弦で たたいて
リズムを きざみ はじめた
楽器が こわれた
ほかの 奏者たちは
なきながら それに ならった

("あたらしい おとを！")

彼女は わたしに め で そういうと
みぎての タクトを うしろに ほうり なげた

わたしに
たゆたう
みずの
ながれに
きらめく
ねいろ
かさなり

まだ
だれも
しらない
ふれていない
かなでていない
おとが うまれて
しぼんだり ふくれあがったり
うれしくなったり かなしくなったり
くりかえされ どこまでも のぼりつめた
頂点で 彼女は りょうてを たかく にぎりしめた

しじまに みちる
充足と 虚脱が わたしに ひしめく

彼女は 指揮台の うえで
め を かたく とじて
かみしめている くちびるからは ち が にじみ
かかげられた ままの こぶしは すこし ふるえていた

わたしの みている 彼女が わずかに かすむ

りょうてを おろした
彼女は おおきく 深呼吸をすると
たのしそうな こえで わたしたちに いった

"さぁ もういちど はじめましょう！！"

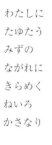

Merci à vous

文　白鳥博康
1983年東京都生まれ。
立正大学大学院文学研究科国文学専攻博士課程修了。
フランス遊学をへて、創作活動にはいる。
著書に『夏の日』『ゴムの木とクジラ』『ぜいたくなあさ』(ともに銀の鈴社)。

絵　もとやままさこ
1982年神奈川県生まれ。
武蔵野女子大学文学部日本語日本文学科卒業。
『言葉屋』シリーズ(朝日学生新聞社)など児童書の挿絵で活動。

デザイン協力　山下直哉

NDC726・913
神奈川　銀の鈴社　2018
124頁　18.8cm（まどろむ、わたしたち）

ⓒ本書の掲載作品について、転載、付曲その他に利用する場合は、
　著者と㈱銀の鈴社著作権部までおしらせください。
　購入者以外の第三者による本書の電子複製は、認められておりません。

銀鈴叢書　　　　　　　　　　　　　　2018年12月18日発行
　　　　　　　　　　　　　　　　　　　　本体3,000円＋税

まどろむ、わたしたち

著　　者	文・白鳥博康ⓒ　絵・もとやままさこⓒ
発 行 者	柴崎聡・西野真由美
編集発行	㈱銀の鈴社 TEL 0467-61-1930　FAX 0467-61-1931

　　　　　〒248-0017　神奈川県鎌倉市佐助1-10-22 佐助庵
　　　　　http://www.ginsuzu.com
　　　　　E-mail info@ginsuzu.com

ISBN978-4-86618-060-1 C0093　　　　　印刷　電算印刷
落丁・乱丁本はお取り替え致します　　　　製本　渋谷文泉閣

NOTES

「かけらグラフィコ」
Le contact 〈接触・感触・連絡〉

グラフィコ(西)	グラフ・図表であらわされた
フィルム(仏)	個別の映画作品のこと
テンペスト(英)	嵐・暴風雨(雪)
ストロガニナ	ヤクート料理。凍らせた魚を薄切りにして、そのまま食べる
フルシェット(仏)	フォーク
ヴィオロン(仏)	ヴァイオリン
パルファム(仏)	香水
オートマトン(英)	機械仕掛けの人形
アニス	セリ科のハーブ。独特の香りが、お菓子やリキュールに用いられる
アピシウス	古代ローマ・ローマ帝国時代のレシピを集めた本
ルセット(仏)	料理法・レシピ
チュベローズ	月下香。香水に使用され、香りはエキゾチックな甘いフローラル系
糸杉	花言葉は死・哀悼・再生
メテオラ	ギリシア北西部にある奇岩群とその上にある修道院群の総称。世界遺産。語源はギリシア語で「中空の」を意味する「メテオロス」
ゆみづえ	弓杖。弓を杖とすること。杖にされた弓
アッシリア	メソポタミアの北部地域
アプロディーテー	ギリシア神話の女神。愛と美と性をつかさどる
デーメーテール	ギリシア神話の女神。豊穣の神。穀物の栽培を人間に教えたとされる

「かの地の夕景」
Bombardement stratégique 〈戦略爆撃〉

オーセベリ船	ノルウェー・オーセベリ農場の墳丘墓で発見されたヴァイキング船
ローブ(仏)	ドレス・ワンピース
ヴィオレット(仏)	スミレ・女性の人名
アマレット	アーモンドのような香りを持つ杏仁のリキュール
リュネット(仏)	眼鏡
ルネット(仏)	扇窓
アフェット(伊)	情感・情愛・愛着
テレスコープ(英)	望遠鏡
フィラメント	宇宙論における「宇宙の大規模構造」のこと
カフェ・コレット	エスプレッソにグラッパ(ぶどうの搾りかすを発酵させたアルコールからつくるブランデーの一種)を入れたもの。美味である
ひざをまげるお辞儀	カーテシーのこと。女性のみがおこなう欧州の伝統的なお辞儀の一種
プルマンローフ(英)	四角いパン。プルマンブレッド・サンドイッチローフともいう
クルジェット(仏)	ズッキーニ
パルチザンスカヤ	モスクワ地下鉄アルバーツコ=ポクローフスカヤ線の駅名
アナモルフォーシス(英)	歪像。一見すると歪んだ絵だが、みる角度や円筒状の鏡を通すと正常な姿をあらわす
スティルトン	イギリス原産の青カビチーズで、三大ブルーチーズのひとつ

「52番のバス」
Catastrophe 〈大惨事・大事故〉

コルタサル	フリオ・コルタサル（1914～1984）アルゼンチンの作家。作中で言及されている短編は「南部高速道路」
アヴィニョン	フランス南東部の都市
ニーム	フランス南部の都市
水の戯れ	ラヴェル（後述する）作曲のピアノ曲。原題は "Jeux d'eau" で「噴水」の意
モランディ	ジョルジョ・モランディ（1890～1964）イタリアの画家。静物や風景を主題とし、とくに瓶や水差しなどを描いた。
ローヌ〜モーゼル	すべてフランス国内、あるいはフランス国境を流れる川の名前
ポンピエ（仏）	消防士
ソッカ	南フランス・ニースの郷土料理。ひよこ豆の粉で焼きあげるクレープのようなもの。美味である
マティス	アンリ・マティス（1869～1954）フランスの画家。ニースには彼の美術館がある
シャガール	マルク・シャガール（1887～1985）ロシア出身の画家。彼の美術館もニースにある
ビズ	フランスでひろくおこなわれているキスの一種。頬と頬をちかづけて（あるいは接触させて）キスの音をさせる。頬をちかづける回数は地域差がある
2016年7月14日	ニースの遊歩道プロムナード・デ・ザングレで、「パリ祭」の花火の観客にトラックが突っ込み、暴走するというテロ事件が発生した

「ホルン奏者と隕石」
Informalisme 〈アンフォルメル・非定型芸術〉

王宮の2800室	スペイン・マドリードの王宮には2800の部屋があるという
シャミナード	セシル・シャミナード（1857～1944）フランスの女性作曲家
ラヴェル	モーリス・ラヴェル（1875～1937）フランスの作曲家
グリーグ	エドヴァルド・グリーグ（1843～1907）ノルウェーの作曲家
チャイコフスキー	ピョートル・チャイコフスキー（1840～1893）ロシアの作曲家
ブロッター	余分なインクを吸い取るための文房具
鉄筆は9姉妹のもの	ギリシア神話で芸術を司る女神ムーサ（ミューズ）たちのこと。古代ギリシアの叙事詩人ヘーシオドスの『神統記』によると9柱いるとされる。鉄筆は姉妹たちのなかで叙事詩を司るカリオペーの持ち物
ヴォトカ	ウォッカ
トマト・ア・ラ・プロヴァンサル	半分に切ったトマトに、塩・コショウ・パセリ・きざみニンニク・それらをまぜたパン粉をのせ、オリーブオイルをかけオーブンで焼いたフランス・プロヴァンス地方の料理。美味である
オベリスク	石でつくられた方形のモニュメント。ウラル山脈にはヨーロッパとアジアの境界を示すオベリスクが建てられている

「ささやくヒマワリ」
Un son de rêve 〈夢の音〉

ルバイヤート	ペルシアの詩人ウマル・ハイヤーム（1048?～1131?）によって著された4行詩集
花戦争	毎年春にニースのカーニバルで開催される "Bataille de fleurs"（バタイユ・ド・フルール）のこと
クヴァース	クワスとも。麦芽とライ麦を発酵させてつくる微炭酸・微アルコール性飲料。ロシアをはじめ東欧で飲まれている
プディング	小麦粉や卵・牛乳・米・バターなどを蒸すなどして、固めた料理の総称
ベーゼ（仏）	くちづけ・キス
シェヘラザード	『千夜一夜物語』の語り手
グレーヴ（仏）	ストライキ

「まどろむ、わたしたち」
Inconscience 〈無意識・無自覚〉

イナンナ	メソポタミア神話の女神。イシュタルとも。ある日、自分のために建てられた神殿をすてて冥界に下るが、その理由はよくわかっていない
チェンバロ	ルネサンス音楽・バロック音楽で使用された鍵盤楽器
マセナ広場	ニースの中心にある広場
バクラヴァ	何層にも重ねた薄いパイ生地のあいだに、刻んだクルミやピスタチオなどのナッツをはさんで焼き上げ、甘いシロップをかけたお菓子。中東・トルコ・コーカサス地方などで食される。美味である
ペトルーシュカ	イーゴリ・ストラヴィンスキー（1882～1971）が作曲した三大バレエ音楽のひとつ

「くりかえす晩夏」
Ruban de Möbius 〈メビウスの輪〉

リフレクション（英）	（光・熱・音の）反射・反響。（鏡・水などに映った）映像・影
モアレ（仏）	波状のきらきらした模様
パースペクティブ（英）	遠近画法・透視図法・遠近感
ノスタルジア（英）	懐旧・追憶・郷愁
パンデミック（英）	（病気が）世界的にひろがる・流行する・感染爆発
アンコントローラブル（英）	制御不能
アルパ（西）	ハープ。日本では特にパラグアイハープをさす
アルファベ（仏）	アルファベット
サージ	スーツや学生服などに用いられる服地
絽	薄くて透き目のある織物。夏に用いられる
ブーランジュリー（仏）	パン屋

「未完成オーケストラ」
Renaître 〈再生する〉

ボールシ	ボルシチ
フロマージュ・ブラン	熟成させないフレッシュタイプのチーズ。クリーム状で、クセがなく、あっさりとした味わい
カトラリー（英）	ナイフやフォーク、スプーンなどの総称
ブランクヴァース（英）	英語詩の一種。無韻詩
メディテーション（英）	瞑想
ヘッドライン（英）	新聞・雑誌の見出し
シェリー	スペイン・アンダルシア州のヘレスでつくられる酒精強化（醸造過程でアルコールを添加する）ワイン
ジャック・タチ	(1907〜1982) フランスの映画監督・俳優
トラム（英）	路面電車
ドビュッシー	クロード・ドビュッシー（1862〜1918）フランスの作曲家
ガゼボ（英）	西洋の公園や庭園などに設けられる「あずまや」
榴弾	弾丸の破片が広範囲に飛散する砲弾の一種

〈サブタイトルはすべてフランス語となる〉
（英）英語　（仏）フランス語　（伊）イタリア語　（西）スペイン語